Indice

Indice

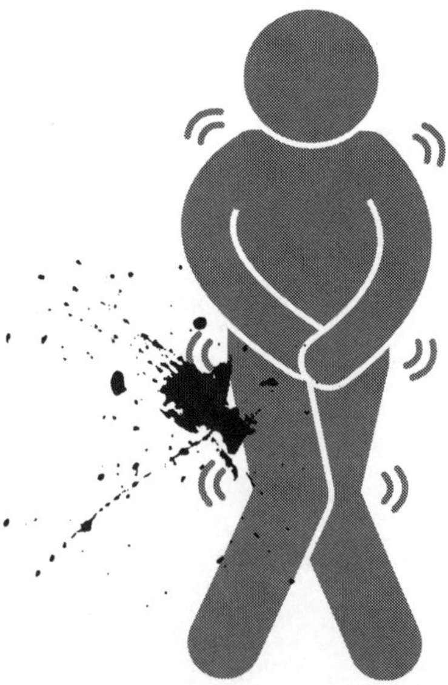

Il regno della Cacca

Domanda: In quale parte del sistema digestivo umano viene prodotta la maggior parte delle feci?

A) Il colon

B) L'esofago

C) L'intestino tenue

D) Lo stomaco

Domanda: Qual è la quantità media di feci prodotta giornalmente da un adulto sano?

A) Circa 50 grammi

B) Circa 100 grammi

C) Circa 250 grammi

D) Circa 500 grammi

Domanda: Quale animale può produrre feci a forma di cubo?

A) Il koala

B) Il canguro

C) L'elefante

D) Il pinguino

Domanda: In quale cultura antica la cacca è stata considerata un simbolo di fortuna?

A) Egizi

B) Romani

C) Greci

D) Cinesi

Domanda: Chi è l'artista contemporaneo famoso per le sue opere d'arte realizzate con escrementi di elefante?

A) Salvador Dalí

B) Jackson Pollock

C) Chris Ofili

D) Pablo Picasso

Domanda: Qual è il nome del cane a tre teste dai poteri sovrannaturali che difendeva l'ingresso dell'Inferno, secondo la mitologia greca?

A) Cerbero
B) Fido
C) Pluto
D) Rex

Domanda: In quale lingua la parola "cacca" si dice "kaka"?

A) Svedese
B) Giapponese
C) Spagnolo
D) Tedesco

Domanda: Quale personaggio dei fumetti è conosciuto per il potere di trasformarsi in diverse forme, tra cui quella di un escremento gigante?

A) Captain Underpants
B) Spider-Man
C) Superman
D) Batman

Domanda: In quale libro per bambini si trova un personaggio chiamato "Signor Cacca"?

A) "L'orso con l'ascia"

B) "La storia infinita"

C) "Il piccolo principe"

D) "Captain Underpants"

Domanda: Qual è il nome del cratere sulla Luna chiamato come la parola per "cacca" in latino?

A) Copernicus

B) Herschel

C) Fecunditatis

D) Fecalitos

Domanda: Chi è stato il re francese che è stato soprannominato "Re di cacca" a causa delle sue abitudini igieniche?

A) Luigi XIV

B) Carlo V

C) Napoleone Bonaparte

D) Enrico VIII

Domanda: Qual è il nome dell'anello muscolare situato all'ano che aiuta a controllare l'espulsione delle feci?

A) Sfintere
B) Esfoglia
C) Epidermide
D) Plexus

Domanda: In quale canzone del 1977 i Boney M. cantano di un piccolo uomo verde che viene dalla galassia e fa cacca?
A) "Rivers of Babylon"
B) "Daddy Cool"
C) "Ma Baker"
D) "Brown Girl in the Ring"

Domanda: Qual è il nome del film animato del 2017 in cui i protagonisti cercano di salvare il mondo grazie a una macchina che trasforma i rifiuti in acqua pulita?
A) "Cacca Max"
B) "Flushed Away - Rotolando viaggia e nel mezzo c'è il sì"
C) "Wall-E"
D) "Cacca in fuga"

Domanda: Quale paese è conosciuto per avere la più alta percentuale di persone che possiedono un gabinetto?

A) India
B) Giappone
C) Stati Uniti
D) Svezia

Domanda: Quale dispositivo tecnologico è stato sviluppato per simulare il rumore della cacca cadendo nell'acqua del WC?

A) iFart app
B) ToiletTunes
C) PlopPlayer
D) CacaChime

Domanda: Chi è l'artista contemporaneo famoso per le sue sculture a forma di escremento in oro?

A) Damien Hirst
B) Jeff Koons
C) Banksy
D) Yayoi Kusama

Domanda: Qual è il nome del bagno pubblico a forma di uovo situato a Londra?

A) The Porcelain Palace

B) The Eggloo

C) The Thames Throne

D) The Garden Goblet

Domanda: Qual è il nome del personaggio principale nel film d'animazione "South Park: Il film" che è letteralmente un pezzo di cacca?

A) Stan

B) Kyle

C) Mr. Hankey

D) Cartman

Domanda: Qual è un termine italiano colloquiale usato per indicare la cacca?

A) "Ciofeca"

B) "Escrementino"

C) "Materozzo"

D) "Stercorario"

Domanda:
Quale celebre personaggio storico è conosciuto per aver dichiarato: "Abbiate il coraggio di fare una cacca epica"?

a) Leonardo da Vinci
b) Winston Churchill
c) Cleopatra
d) Albert Einstein

Quale tra questi animali è noto per produrre la più grande quantità di feci?

a) Elefante africano
b) Balena blu
c) Ippopotamo comune
d) Rinoceronte bianco

Quale tra questi animali è noto per produrre la più piccola quantità di feci?

a) Colibrì
b) Scoiattolo
c) Coccinella
d) Farfalla

... Vediamo come te la cavi!

Domanda: Chi è l'attore famoso per aver interpretato Forrest Gump?

A) Tom Cruise

B) Tom Hanks

C) Robert Downey Jr.

D) Brad Pitt

Domanda: Qual è il nome del gruppo musicale popolare degli anni '60 noto per la canzone "Yellow Submarine"?

A) The Rolling Stones

B) The Beatles

C) Queen

D) ABBA

Domanda: Qual è il nome della più grande specie di medusa conosciuta, che può raggiungere dimensioni sorprendenti?

A) Medusa Gigante
B) Medusa Tornado
C) Medusa Cespuglio
D) Medusa Criniera di Leone

Domanda: Quale è la prima pietra dello Stonehenge, il famoso monumento preistorico inglese?

A) Lintel Stone
B) Heel Stone
C) Sarsen Stone
D) Trilithon Stone

Domanda: In quale paese si trova la Torre di Pisa?
A) Francia
B) Italia
C) Spagna
D) Germania

Domanda: Qual è il nome del dipinto famoso che raffigura una donna sorridente con uno sguardo enigmatico?

A) La Gioconda (Monna Lisa)

B) Nascita di Venere

C) Guernica

D) L'urlo

Domanda: Quale animale è noto per cambiare colore a seconda dell'umore e dell'ambiente?

A) Camaleonte

B) Pappagallo

C) Coccinella

D) Delfino

Domanda: Qual è il significato della parola "serendipità"?

A) Trovare qualcosa di inaspettato e prezioso senza cercarlo

B) Un animale mitologico con la testa di serpente

C) La ricerca dell'armonia interiore attraverso la meditazione

D) La capacità di imparare velocemente nuove parole

Domanda: Qual è il piatto nazionale del Giappone a base di riso e pesce crudo?
A) Sushi
B) Paella
C) Curry
D) Kimchi

Domanda: Secondo la terza legge di Newton, se un'arancia colpisce un tavolo con una certa forza, quale forza il tavolo esercita sull'arancia?
A) La stessa forza
B) Una forza più grande
C) Nessuna forza
D) Una forza più piccola

Domanda: Cosa ha sviluppato Albert Einstein, che ha trasformato la nostra comprensione dell'universo?
A) La Teoria dell'Armonia Cosmica
B) La Teoria del Big Bang
C) La Teoria della Relatività
D) La Teoria dei Multiversi

Domanda: Qual è il nome scientifico per la capacità di Superman di volare?

A) Levitazione Gravitazionale
B) Propulsione Termica
C) Volo Ionico
D) Volo Antigravitazionale

Domanda: Gli astronauti sulla Luna pesano meno rispetto alla Terra. Quanto meno?

A) Circa il 50%
B) Circa il 30%
C) Circa il 20%
D) Circa il 10%

Domanda: Perché un cereale come il riso soffiato galleggia nel latte?

A) A causa della forza di attrazione gravitazionale
B) A causa della bassa densità del riso soffiato
C) A causa del calore del latte
D) A causa della forma del riso soffiato

Domanda: Qual è il termine scientifico per la velocità di un sorriso?

A) Smotanza

B) Ridofisica

C) Felicità Cinetica

D) Sonrisa-velocità

Domanda: Qual è la temperatura media su Venere, il pianeta più vicino al Sole?

A) Circa -200°C

B) Circa 450°C

C) Circa 1000°C

D) Circa 20°C

Domanda: In quale direzione gira l'acqua nel lavandino in un'emisfero diverso a causa dell'effetto Coriolis?

A) In senso orario nell'emisfero settentrionale e antiorario nell'emisfero meridionale

B) In senso antiorario nell'emisfero settentrionale e orario nell'emisfero meridionale

C) Sempre in senso orario

D) Sempre in senso antiorario

Domanda: Cosa determina il suono "pop" quando si apre una bottiglia di una bevanda gassata?
A) La pressione del gas rilasciato
B) La quantità di zucchero
C) La temperatura del liquido
D) Il tappo della bottiglia

Domanda: Qual è il materiale comunemente usato per condurre l'elettricità in un circuito elettrico?
A) Plastica
B) Legno
C) Rame
D) Vetro

Domanda: In quale luogo, noto per le sue pietre mobili, si trovano enormi rocce che sembrano muoversi da sole?
A) Monument Valley, USA
B) Stonehenge, Regno Unito
C) Valle della Morte, USA
D) Isola di Pasqua, Cile

Domanda: Qual è il nome del lago in Africa che emette gas tossici, uccidendo ogni creatura che si avvicina?

A) Lago Vostok
B) Lago Baikal
C) Lago Natron
D) Lago Titicaca

Domanda: Qual è il nome delle pietre trovate in alcuni luoghi che emettono suoni musicali quando vengono percosse?

A) Pietre Melodiche
B) Pietre Sonore
C) Pietre Armoniche
D) Pietre Musicali

Domanda: Qual è il nome della foresta in Romania famosa per i suoi alberi con forme contorte e bizzarre?

A) Foresta Nera
B) Foresta di Sherwood
C) Foresta dei Bambini
D) Foresta Baciu

Domanda: Quale deserto, noto per il suo terreno instabile, è spesso chiamato "il deserto che cresce"?

A) Deserto del Sahara
B) Deserto del Kalahari
C) Deserto del Gobi
D) Deserto del Namib

Domanda: Qual è il nome della pianta nota per il suo odore sgradevole, spesso paragonato a quello di un cadavere in decomposizione?

A) Rafflesia
B) Nepenthes
C) Amorphophallus titanum
D) Strelitzia reginae

Domanda: In quale paese europeo si trova un villaggio chiamato Giethoorn, noto per non avere strade e essere attraversato da canali?

A) Paesi Bassi
B) Italia
C) Svezia
D) Francia

Domanda: Qual è il nome dell'albero delle Canarie noto per la sua corteccia spessa e rugosa, che assomiglia a pelle di drago?

A) Cedro del Libano
B) Sequoia
C) Albero del Dragone
D) Bonsai

Domanda: In quale paese si trovano le famose Linee di Nazca, misteriose figure geometriche e animali giganteschi incise nel terreno?

A) Perù
B) Messico
C) Brasile
D) Cile

ATTENZIONE ai Rebus!

Dall’INGLESE all’ITALIANO...

READING
UNDERSTAND

_________ __ ________

CRY
CRY
CRY

________ ___ _____

TIME
TIME
TIME

____ _____

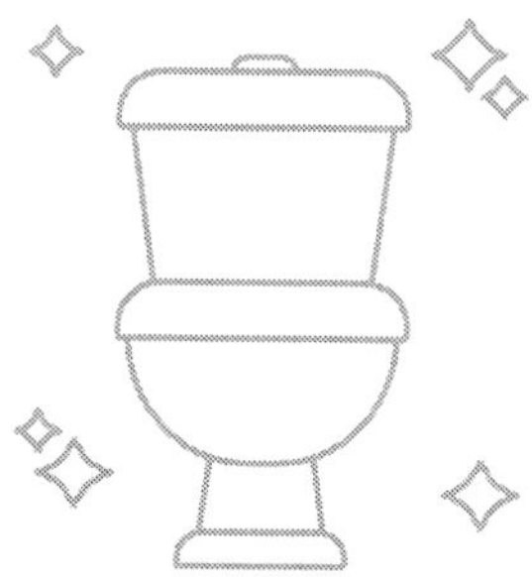

123456
M T W T F S S

__ ______ ____ _____

CCCCCC
12/12/12

__ ____ __ ______ ____

READ
ING

_______ ___ __ _____

Ultimo sforzo...

WORLD
WIDE

----- -- -----

Il Bagno del Crimine: Svela i Segreti Nascosti...

"Il Furto del Diamante"

Nel cuore della notte, il prestigioso museo cittadino è stato teatro di un misterioso furto. Un prezioso diamante, noto come "La Stella di Mezzanotte", è stato sottratto dalla sua custodia protetta all'interno della cassaforte. L'intera città era in subbuglio e la pressione su Kate, l'investigatrice privata rinomata, stava crescendo.
Kate iniziò a indagare diligentemente, esaminando ogni angolo del museo e interrogando il personale.

→

Tra i sospettati c'erano il custode del museo, Charles, un uomo dal passato misterioso e con accesso alla cassaforte; il direttore del museo, il signor Harrison, un uomo dai modi impeccabili ma con problemi finanziari; l'investigatore privato Alan, che sembrava avere troppo interesse nel caso; e infine, un visitatore sconosciuto che era stato visto in zona quella sera.

Mentre Kate scopriva indizi e riscontri, una cosa le sembrava sempre più chiara: ognuno di questi personaggi aveva un movente.

Charles aveva debiti di gioco, il signor Harrison era in difficoltà finanziarie, Alan voleva il diamante per conto suo e il visitatore sconosciuto poteva essere un ladro esperto.

⟶

"Il Furto del Diamante"

Domanda:

Chi è sospettato di aver rubato il prezioso diamante dalla cassaforte del museo?

a) Il custode del museo

b) L'investigatore privato

c) Il direttore del museo

d) Un visitatore sconosciuto

"L'Omicidio nel Maniero"

In un antico maniero situato tra le colline brumose, si verificò un oscuro omicidio durante una festa di famiglia. Il proprietario del maniero, Sir Reginald Thornfield, è stato trovato senza vita nella sua biblioteca, con un pugnale conficcato nel petto. Tutti i membri della famiglia presenti quella sera sono ora sospettati.

I Sospettati:

- Isabella Thornfield (Moglie di Sir Reginald): Isabella, una donna di grande bellezza, sembrava avere un rapporto teso con suo marito. Aveva un forte movente economico, poiché il testamento di Sir Reginald la escludeva dall'eredità in caso di divorzio. Tuttavia, lei afferma di essere stata altrove nel momento del delitto.

→

- Edgar Thornfield (Figlio di Sir Reginald): Edgar era noto per la sua impazienza e il desiderio di ereditare il maniero. Aveva anche contrasti con suo padre riguardo ai suoi debiti di gioco. Gli è stato detto che sarebbe stato diseredato se non avesse cambiato il suo stile di vita, ma lui nega ogni coinvolgimento nell'omicidio.
- Clarissa Thornfield (Figlia di Sir Reginald): Clarissa, una giovane talentuosa artista, era stata messa da parte da suo padre a favore di Edgar. Era arrabbiata e sentiva di essere stata ingiustamente trattata. Tuttavia, afferma di essere rimasta nel suo studio durante il delitto.
- Gideon McAllister (Fedele domestico): Gideon aveva lavorato come domestico nella residenza per anni. Conosceva bene la dinamica familiare e aveva un forte legame con la famiglia Thornfield. Tuttavia, è stato notato che aveva una certa quantità di denaro extra nei giorni successivi all'omicidio.

La tensione e il mistero crescono mentre Kate, l'investigatrice privata chiamata per risolvere il caso, cerca di scoprire la verità dietro questo omicidio nell'atmosfera cupa e intricata del maniero.

"L'Omicidio nel Maniero"

Domanda: Chi ha ucciso il sig. Thornfield?

a) La governante
b) L'erede della proprietà
c) Lo chef
d) Il giardiniere

AVVENTURA sul Water

Sei l'unico sopravvissuto in una foresta.
Hai meno di un minuto per scegliere 5 oggetti da portarti con te, prima che una tigre ti raggiunga.

Cosa ti dice di prendere l'istinto?

- Coltello multiuso
- Accendino resistente all'acqua
- Corda resistente
- Tenda leggera
- Kit di pronto soccorso completo
- Retina da pesca
- Coltello per sopravvivenza con sega
- Bussola resistente all'acqua
- Razione alimentare compatta
- Accetta da boscaiolo

Ti trovi da solo, in una nave che sta affondando, in mezzo all'oceano.

Prendi con te 5 oggetti prima che la nave affondi del tutto.

- Tanica per raccolta e purificazione dell'acqua
- Coltello multiuso
- Zaino resistente all'acqua
- Kit di pronto soccorso completo
- Torcia a batteria a lunga durata
- Cibo a lunga conservazione (barrette energetiche, cibo liofilizzato, etc.)
- Corda resistente
- Salvagente galleggiante
- Strumento per la segnalazione (fischietto, specchio, etc.)
- Coperta termica

Spingi ancora le sinapsi...

Qual è il nome del primo essere umano a camminare sulla Luna?

a) Neil Armstrong
b) Buzz Aldrin
c) Yuri Gagarin
d) Alan Shepard

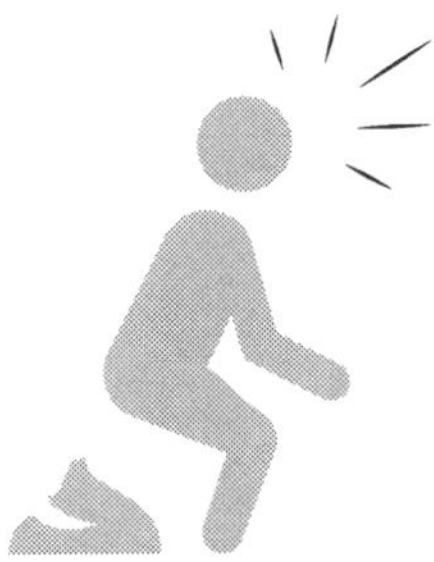

Quanto tempo impiega la luce del Sole per raggiungere la Luna?

a) Circa 1 secondo
b) Circa 1 minuto
c) Circa 8 minuti
d) Circa 30 minuti

Qual è il diametro approssimativo della Luna?
a) Circa 3.474 km
b) Circa 5.142 km
c) Circa 6.792 km
d) Circa 9.278 km

Quale fenomeno astronomico si verifica quando la Luna passa tra il Sole e la Terra, oscurandolo parzialmente o totalmente?
a) Eclissi di Luna
b) Eclissi di Sole
c) Eclissi di Venere
d) Eclissi di Marte

Quale famoso programma spaziale statunitense ha portato il primo uomo sulla Luna?
a) Programma Mercurio
b) Programma Apollo
c) Programma Gemini
d) Programma Hubble

Chi è considerato il "Padre della Canzone Italiana"?
a) Domenico Modugno
b) Giuseppe Verdi
c) Lucio Battisti
d) Claudio Baglioni

Qual è il nome del famoso festival musicale italiano che si svolge annualmente a Sanremo?
a) Festival di Napoli
b) Festival della Canzone Italiana
c) Festival di Venezia
d) Festival di Roma

Qual è la città natale di Andrea Bocelli, celebre tenore e cantante italiano?
a) Firenze
b) Napoli
c) Milano
d) Roma

Chi è l'artista italiano noto per successi come "La solitudine" e "Vivo per lei" in duetto con Giorgia e con Laura Pausini?

a) Eros Ramazzotti
b) Tiziano Ferro
c) Vasco Rossi
d) Ligabue

Qual è il nome del celebre compositore italiano autore di opere come "La Traviata" e "Rigoletto"?

a) Giacomo Puccini
b) Gioachino Rossini
c) Giuseppe Verdi
d) Wolfgang Amadeus Mozart

Qual è la misura di sicurezza principale da prendere prima di iniziare qualsiasi lavoro elettrico in casa?

a) Spegnere l'interruttore generale
b) Utilizzare guanti in lattice
c) Indossare scarpe antinfortunistiche
d) Pulire la zona di lavoro

Chi è l'artista italiano noto per successi come "La solitudine" e "Vivo per lei" in duetto con Giorgia e con Laura Pausini?

a) Eros Ramazzotti
b) Tiziano Ferro
c) Vasco Rossi
d) Ligabue

Cosa indica il simbolo "mA" su un tester elettrico?

a) Megaampere
b) Microampere
c) Milliampere
d) Miliampere

Qual è la differenza tra un interruttore differenziale e un interruttore magnetotermico?

a) L'interruttore differenziale protegge dalle sovratensioni, mentre l'interruttore magnetotermico protegge dalle sovracorrenti.
b) L'interruttore differenziale protegge dai cortocircuiti, mentre l'interruttore magnetotermico protegge dagli sbalzi di tensione.
c) L'interruttore differenziale protegge dagli sbalzi di tensione, mentre l'interruttore magnetotermico protegge dai cortocircuiti.
d) Non ci sono differenze, i due termini indicano lo stesso tipo di interruttore.

Qual è il colore del cavo di terra in un impianto elettrico?

a) Verde

b) Nero

c) Rosso

d) Blu

Quale strumento si usa per tagliare e spellare cavi elettrici?

a) Cacciavite

b) Tenaglia

c) Pinza amperometrica

d) Cutter

Qual è la funzione principale del cemento armato in una struttura edilizia?
a) Aumentare la resistenza al fuoco
b) Incrementare la resistenza alla compressione
c) Ridurre il peso della struttura
d) Migliorare l'isolamento termico

Cosa si intende per "malta" nel contesto edilizio?
a) Un tipo di mattonella
b) Una miscela di cemento, sabbia e acqua
c) Un tipo di cemento
d) Una trave di supporto

Qual è lo strumento essenziale per misurare angoli in un progetto edilizio?

a) Livella a bolla

b) Goniometro

c) Metro a nastro

d) Squadra

Quale è uno degli scopi principali dell'intonacatura di una parete?

a) Aggiungere decorazione

b) Rinforzare la struttura

c) Migliorare l'isolamento termico

Cosa si intende per "malta" nel contesto edilizio?
a) Un tipo di mattonella
b) Una miscela di cemento, sabbia e acqua
c) Un tipo di cemento
d) Una trave di supporto

Qual è lo strumento essenziale per misurare angoli in un progetto edilizio?
a) Livella a bolla
b) Goniometro
c) Metro a nastro
d) Squadra

Quale è uno degli scopi principali dell'intonacatura di una parete?
a) Aggiungere decorazione
b) Rinforzare la struttura
c) Migliorare l'isolamento termico

Cosa rappresenta l'acronimo "FAP" nell'edilizia?
a) Federazione Architetti Professionisti
b) Fondo Assistenza Professionisti
c) Fattore di Assorbimento del Prodotto
d) Federazione Artigiani del Progetto

In quale serie televisiva la famiglia Stark è protagonista?
a) Star Wars
b) Game of Thrones
c) Star Trek
d) The Lord of the Rings

In quale anno è stato rilasciato il primo videogioco "Pong"?
a) 1972
b) 1980
c) 1965
d) 1985

Qual è il nome completo di "HAL 9000", l'antagonista digitale nel film "2001: Odissea nello spazio"?

a) Heuristic Algorithmic Computer
b) Hybrid Automation Language
c) Hyper Advanced Learning
d) Humanoid Automated Lifeform

Qual è il nome del creatore di "The Legend of Zelda"?

a) Shigeru Miyamoto
b) Hideo Kojima
c) Yu Suzuki
d) Satoru Iwata

Quale linguaggio di programmazione è stato inventato da Guido van Rossum?

a) Python
b) Ruby
c) C++
d) Java

Qual è il videogioco considerato il precursore degli sparatutto in prima persona?

a) Wolfenstein 3D

b) Doom

c) Quake

d) Half-Life

Quale di questi personaggi è il famoso mascotte di Nintendo?

a) Sonic the Hedgehog

b) Crash Bandicoot

c) Mario

d) Spyro the Dragon

Qual è il titolo del videogioco in cui il giocatore controlla un personaggio chiamato "Link"?
a) The Legend of Zelda
b) Final Fantasy
c) Elder Scrolls V: Skyrim
d) Dark Souls

Quale franchise di videogiochi è noto per il suo stile di gioco sandbox?
a) Grand Theft Auto
b) The Legend of Zelda
c) Minecraft
d) Halo

Qual è il nome del protagonista del videogioco "The Witcher"?

a) Geralt di Rivia
b) Arthas Menethil
c) Aloy
d) Kratos

Qual è il nemico principale di Mario in quasi tutti i giochi?

a) Bowser
b) Goomba
c) Koopa Troopa
d) Wario

Quale oggetto Mario deve toccare per diventare gigante in alcuni giochi?
a) Fiore di fuoco
b) Stella
c) Super fungo
d) Carapace di Tartosso

Qual è il nome del fratello di Mario?
a) Luigi
b) Yoshi
c) Toad
d) Donkey Kong

In quale gioco Mario deve salvare la principessa Peach dal perfido Bowser per la prima volta?

a) Super Mario Bros.

b) Mario Kart

c) Super Mario 64

d) Super Mario World

Quale oggetto consente a Mario di lanciare palle di fuoco contro i nemici?

a) Fiore di fuoco

b) Stella

c) Super fungo

d) Carapace di Tartosso

Chi è l'autore del famoso dipinto "La Gioconda"?

a) Michelangelo Buonarroti

b) Leonardo da Vinci

c) Vincent van Gogh

d) Pablo Picasso

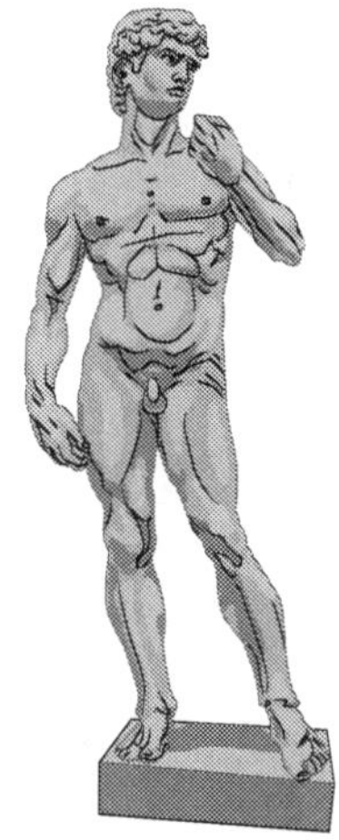

In quale movimento artistico è associato il pittore spagnolo Pablo Picasso?

a) Impressionismo

b) Cubismo

c) Surrealismo

d) Barocco

Qual è l'opera più celebre di Michelangelo situata nella Cappella Sistina?

a) David
b) La Nascita di Venere
c) La Creazione di Adamo
d) Guernica

Chi è considerato uno dei fondatori dell'Impressionismo, noto per opere come "Colazione sull'erba"?

a) Edgar Degas
b) Claude Monet
c) Édouard Manet
d) Pierre-Auguste Renoir

Quale stile artistico è caratterizzato da linee fluide, forme naturali e un'ispirazione alla natura?

a) Art Nouveau

b) Rococò

c) Barocco

d) Neoclassicismo

DOMANDE APERTE

Per chi ama gli SFORZI più grandi

Cos'è più grande: un ettaro di terra o un ettaro di cielo?

____

Domanda aperta:
Quale parola è scritta in modo errato in ogni dizionario?

Domanda aperta:
Se getti un dado e esce un numero dispari, qual è la probabilità che il sole sorga domani?

Se sei in una gara e sorpassi il secondo classificato, quale posizione occupi?

____

Qual è la risposta a questa domanda?

____

Cosa si può rompere, anche se non è mai stato costruito?

Se ti trovi in una stanza con tre lampade e hai tre interruttori, come puoi sapere quale interruttore controlla quale lampada se puoi entrare nella stanza solo una volta?

Cosa è sempre in arrivo ma non arriva mai?

Cosa ha un letto, ma non dorme mai?

Quale cosa può essere rotta, ma non può essere tenuta tra le mani?

____

Cosa è più potente del Dio, più maligno del Diavolo, i poveri ne hanno, i ricchi ne cercano, se lo mangi morirai. Che cos'è?

____

è nato prima l'uovo o la gallina?

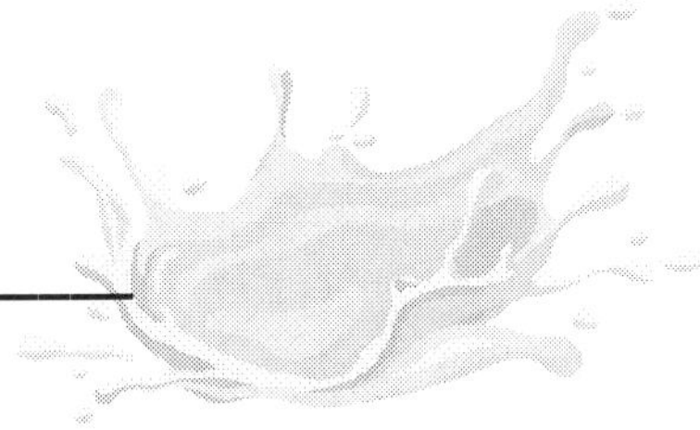

Spingi che ti passa

Quante volte di media un leone fallisce nella caccia per ogni successo?

a) Circa 5 volte
b) Circa 10 volte
c) Circa 15 volte
d) Circa 20 volte

Quanto tempo trascorrono i cuccioli di leone all'interno della tana dopo la nascita?
a) Circa una settimana
b) Circa un mese
c) Circa tre mesi
d) Circa sei mesi

Il ruggito del leone è udibile a grandi distanze e serve principalmente a:

a) Segnalare la presenza di prede

b) Avvertire altri leoni della sua posizione

c) Attirare le leonesse durante il corteggiamento

d) Richiamare gli uccelli

Quale comportamento è tipico dei leoni giovani quando giocano?

a) Saltano da un albero all'altro

b) Si sfidano a suon di grugniti

c) Fanno acrobazie e salti

d) Nuotano nelle pozze d'acqua

Qual è il principale periodo di attività della volpe?

a) Di giorno

b) Di notte

c) All'alba

d) Al tramonto

Cosa costituisce la maggior parte della dieta di una volpe?

a) Insetti

b) Frutta

c) Carne

d) Foglie

Quale comportamento caratteristico mostra una volpe quando vuole comunicare sottomissione?
a) Solleva la zampa anteriore
b) Si alza sulle zampe posteriori
c) Emette un suono simile a un ringhio
d) Gira la testa a sinistra

Dove vive principalmente una volpe?
a) Sulle alberature
b) In tane sotterranee
c) Sui rami degli alberi
d) Negli arbusti

Le volpi sono conosciute per:
a) Essere buone nuotatrici
b) Avere paura dell'acqua
c) Preferire il deserto
d) Non avvicinarsi mai alle zone acquatiche

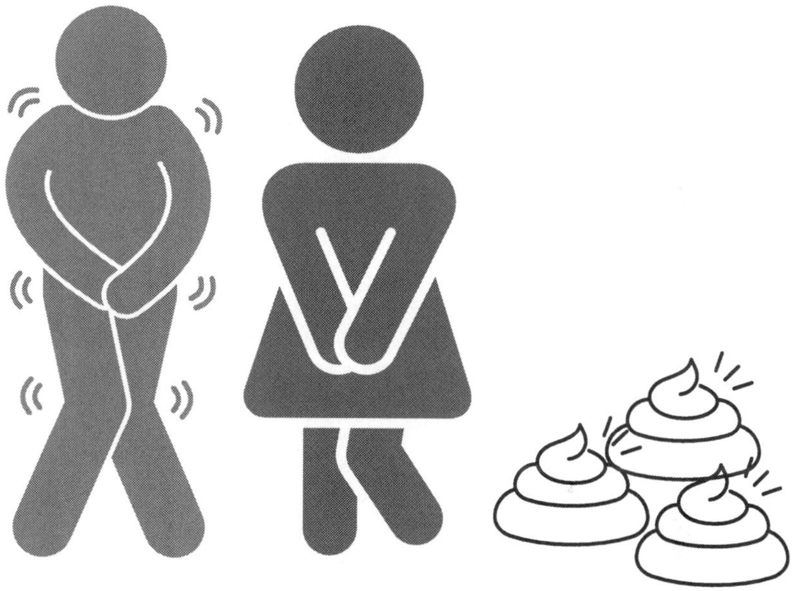

Come le volpi cacciano principalmente le loro prede?
a) In gruppo, coordinando l'attacco
b) Utilizzando la mimetizzazione tra l'erba alta
c) Scavando buche profonde dove le prede cadono
d) Lanciando pietre per stordire le prede

Quanta è l'età approssimativa della Terra in miliardi di anni?

a) Circa 2 miliardi di anni

b) Circa 4,5 miliardi di anni

c) Circa 10 miliardi di anni

d) Circa 1 miliardo di anni

Secondo la teoria dell'accrescimento planetario, come si è formata la Terra?

a) Dall'espansione di una piccola massa iniziale

b) Dall'impatto di un asteroide

c) Dalla collisione di due pianeti

d) Dal collasso di una stella

Qual è l'ipotesi più accettata sulla formazione della Luna? a) Cattura da parte della gravità terrestre
b) Formazione simultanea con la Terra
c) Impatto con un grande oggetto
d) Crescita lenta da materiali spaziali

Chi formulò l'ipotesi della deriva dei continenti, sostenendo che i continenti si erano una volta uniti in un unico supercontinente chiamato Pangaea?
a) Alfred Wegener
b) Isaac Newton
c) Galileo Galilei
d) Charles Darwin

In quale era geologica della Terra si è sviluppata la vita complessa, come piante e animali?

a) Era Precambriana

b) Era Mesozoica

c) Era Paleozoica

d) Era Cenozoica

Secondo alcune teorie scientifiche, cosa potrebbe causare la fine del mondo in un futuro lontano?

a) Un'improvvisa esplosione solare

b) L'espansione indefinita dell'universo

c) L'impatto con un asteroide gigante

d) La scoperta di tecnologie avanzate

COLORA LA CACCA

RISPOSTE AI QUIZ

"Il Regno della Cacca"

A) Il colon
C) Circa 250 grammi
A) Il koala
D) Cinesi
C) Chris Ofili
A) Cerbero
A) Svedese
A) Captain Underpants
D) "Captain Underpants"
D) Fecalitos
A) Luigi XIV
A) Sfintere
B) "Daddy Cool"
B) "Flushed Away - Rotolando viaggia e nel mezzo c'è il sì"

RISPOSTE AI QUIZ

B) Giappone
A) iFart app
A) Damien Hirst
A) The Porcelain Palace
C) Mr. Hankey
A) "Ciofeca"
B) Tom Hanks
B) The Beatles
D) Medusa Criniera di Leone
B) Heel Stone
B) Italia
A) La Gioconda (Monna Lisa)
A) Camaleonte
A) Trovare qualcosa di inaspettato e prezioso senza cercarlo
A) Sushi
B) Edgar Allan Poe
A) La stessa forza

RISPOSTE AI QUIZ

C) La Teoria della Relatività
C) Volo Ionico
A) Circa il 50%
B) A causa della bassa densità del riso soffiato
A) In senso orario nell'emisfero settentrionale e antiorario nell'emisfero meridionale
C) Felicità Cinetica
B) Circa 450°C
A) La pressione del gas rilasciato
C) Rame
A) Corallo
C) Valle della Morte, USA
D) Foresta Baciu
C) Pietre Armoniche
C) Lago Natron
C) Amorphophallus titanum
A) Paesi Bassi
B) Deserto del Kalahari
C) Albero del Dragone
A) Perù

"Il Furto del Diamante"

Risposta: c) Il direttore del museo

Nel culmine della sua investigazione, Kate scoprì un passaggio segreto dietro un quadro nel ufficio del signor Harrison, che portava a una stanza segreta con una seconda cassaforte. Dentro c'era il diamante, pronto per essere venduto nel mercato nero.
Era stata una trappola elaborata, ma Kate era più furba. Aveva risolto il mistero del furto del diamante, dimostrando che l'onestà può essere solo un'apparenza ingannevole e che la vera giustizia alla fine prevale.

"L'Omicidio nel Maniero"

Risposta: d) Gideon McAllister, il fedele domestico della famiglia Thornfield.

Il movente di Gideon era la sua crescente frustrazione e rabbia nei confronti di Sir Reginald. Aveva lavorato per la famiglia per molti anni, dedicando la sua vita al servizio del maniero. Tuttavia, negli ultimi tempi, Sir Reginald aveva cominciato a trattare Gideon in modo sempre più disprezzante, spesso umiliandolo davanti ad altri membri del personale.
Sir Reginald aveva scoperto che Gideon aveva commesso un errore finanziario rilevante per coprire i debiti di sua figlia. Non solo minacciò di licenziarlo, ma minacciò anche di denunciarlo alle autorità locali, distruggendo così la reputazione di Gideon e la sua famiglia.

Ecco le risposte e le ragioni per la scelta dei 5 oggetti per la sopravvivenza in una **foresta**:

Coltello multiuso: È fondamentale per tagliare legna, cacciare, costruire rifugi e preparare il cibo. Può essere utilizzato in molte situazioni di sopravvivenza quotidiana.

Accendino resistente all'acqua: L'accensione del fuoco è vitale per cucinare cibo, scaldarsi, allontanare gli animali, purificare l'acqua e segnalare ai soccorsi.

Corda resistente: Essenziale per costruire rifugi, legare oggetti, creare trappole per la caccia e facilitare la navigazione attraverso il terreno forestale.

Kit di pronto soccorso completo: Cruciale per gestire lesioni e malattie minori, garantendo un'assistenza medica di base che può essere fondamentale in caso di emergenza.

Tenda leggera: Fornisce riparo dalla pioggia, dal vento e dagli insetti, migliorando notevolmente il comfort e la sicurezza durante la permanenza in foresta.

Ecco le risposte e le ragioni per la scelta dei 5 oggetti per la sopravvivenza in una **nave** che sta affondando:

Tanica per raccolta e purificazione dell'acqua: L'acqua è vitale per la sopravvivenza, quindi avere un modo per raccogliere, trasportare e purificare l'acqua è di primaria importanza.

Coltello multiuso: Utile per tagliare corde, tessuti, aprire confezioni, cacciare piccoli animali e svolgere una varietà di compiti necessari per la sopravvivenza.

Zaino resistente all'acqua: Un modo per trasportare gli oggetti in modo efficiente e mantenere gli approvvigionamenti asciutti e organizzati, fondamentale per la mobilità e l'accesso facile agli strumenti necessari.

Kit di pronto soccorso completo: Importante per gestire lesioni e malattie minori o gravi, fornendo l'assistenza medica necessaria in situazioni di emergenza.

Salvagente galleggiante: Assicura la sicurezza in caso di emergenza in mare, fornendo una galleggiabilità vitale in caso di caduta in acqua o situazioni di pericolo.

RISPOSTE AI QUIZ

Spingi ancora le Sinapsi

a) Neil Armstrong
c) Circa 8 minuti
a) Circa 3.474 km
b) Eclissi di Sole
b) Programma Apollo
b) Giuseppe Verdi
b) Festival della Canzone Italiana
a) Firenze
a) Eros Ramazzotti
c) Giuseppe Verdi
a) Spegnere l'interruttore generale
c) Milliampere
a) L'interruttore differenziale protegge dalle sovratensioni, mentre l'interruttore magnetotermico protegge dalle sovracorrenti.
a) Verde
d) Cutter
b) Incrementare la resistenza alla compressione

Spingi ancora le Sinapsi

b) Una miscela di cemento, sabbia e acqua
b) Goniometro
d) Riparare crepe e imperfezioni
c) Fattore di Assorbimento del Prodotto
b) Game of Thrones
a) 1972
a) Heuristic Algorithmic Computer
a) Shigeru Miyamoto
a) Python
a) Wolfenstein 3D
c) Mario
a) The Legend of Zelda
c) Minecraft
a) Geralt di Rivia
a) Bowser
c) Super fungo
a) Luigi
a) Super Mario Bros
a) Fiore di fuoco

b) Leonardo da Vinci
b) cubismo
c) La Creazione di Adamo
c) Édouard Manet
a) Art Nouveau

RISPOSTE ALLE DOMANDE APERTE

1. Sono entrambi uguali, un ettaro è una misura di superficie, quindi un ettaro di terra e un ettaro di cielo coprono la stessa area.

2. "Errato" è l'unico termine scritto in modo errato in questa domanda.

3. La probabilità che il sole sorga domani è del 100% indipendentemente dal risultato del dado. La domanda cerca di confondere la casualità dei due eventi, che non hanno alcuna relazione tra loro.

4. Se sorpassi il secondo classificato, occupi la sua posizione, quindi sei al secondo posto.

5. La risposta a questa domanda è "la risposta".

6. Il silenzio può essere "rotto" anche se non è mai stato "costruito".

7. Accendi due interruttori e li lasci così per un po'. Quindi spegni uno di quei due interruttori. Entra nella stanza. La lampada accesa è controllata dall'interruttore acceso, la lampada spenta e ancora calda è controllata dall'interruttore spento ma inizialmente acceso, e la lampada spenta e fredda è controllata dall'interruttore che non hai toccato.

8. Il futuro è sempre "in arrivo" ma non arriva mai poiché quando arriva è già presente ed è il presente.

9. Un fiume ha un "letto" ma non dorme mai.

10. Una promessa può essere "rotta", ma non può essere tenuta tra le mani.

11. Nulla. Niente è più potente di Dio o più maligno del Diavolo, ma i poveri ne hanno e i ricchi lo cercano. Quando lo mangi (diventi più ricco), alla fine morirai.

12. La domanda se sia nato prima l'uovo o la gallina è una di quelle "domande senza risposta definitiva" che ha affascinato l'umanità per secoli, spingendo le persone a riflettere su concetti filosofici e scientifici.

13. Dal punto di vista biologico ed evolutivo, è probabile che l'uovo sia venuto prima della gallina. Questo perché, secondo la teoria dell'evoluzione, le specie subiscono gradualmente piccole modifiche genetiche nel corso delle generazioni. Quindi, una forma di uovo contenente un organismo geneticamente diverso dalla generazione precedente sarebbe stata la prima a dare origine a una creatura che potremmo identificare come una gallina.

In sintesi, è probabile che l'uovo, in termini di concetto biologico, sia venuto prima della gallina a causa del processo evolutivo. Tuttavia, questa risposta non è assoluta, poiché la domanda può essere interpretata in modi diversi, inclusi i contesti mitologici o religiosi che possono offrire prospettive diverse.

In conclusione, è una questione complessa e la risposta dipende dalla prospettiva da cui si guarda.

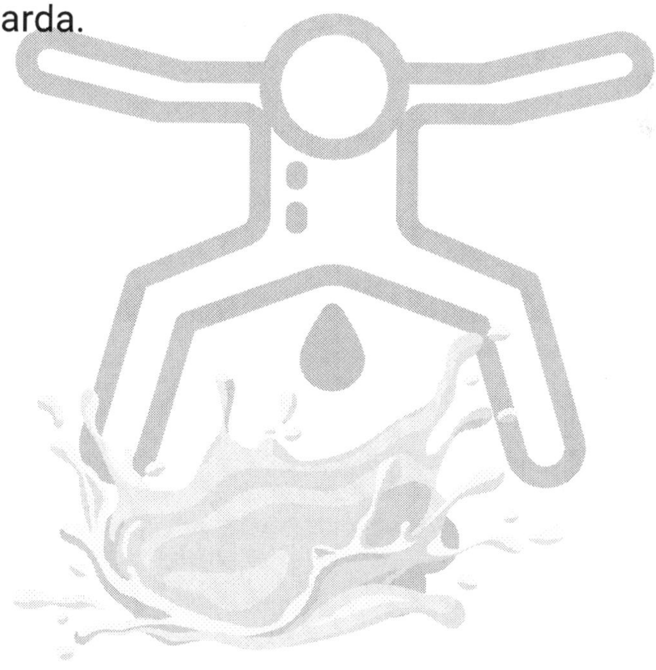

b) Circa 10 volte
a) Circa una settimana
b) Avvertire altri leoni della sua posizione
c) Fanno acrobazie e salti
b) Di notte
c) Carne
a) Solleva la zampa anteriore
b) In tane sotterranee
a) Essere buone nuotatrici
b) Le volpi utilizzano principalmente la mimetizzazione tra l'erba alta per cacciare le loro prede. Si avvicinano silenziosamente e si confondono con l'ambiente circostante, sfruttando la loro agilità e astuzia per sorprendere le prede e catturarle.

b) Circa 4,5 miliardi di anni
a) Dall'espansione di una piccola massa iniziale
c) Impatto con un grande oggetto
a) Alfred Wegener
c) Era Paleozoica
c) L'impatto con un asteroide gigante

THE END

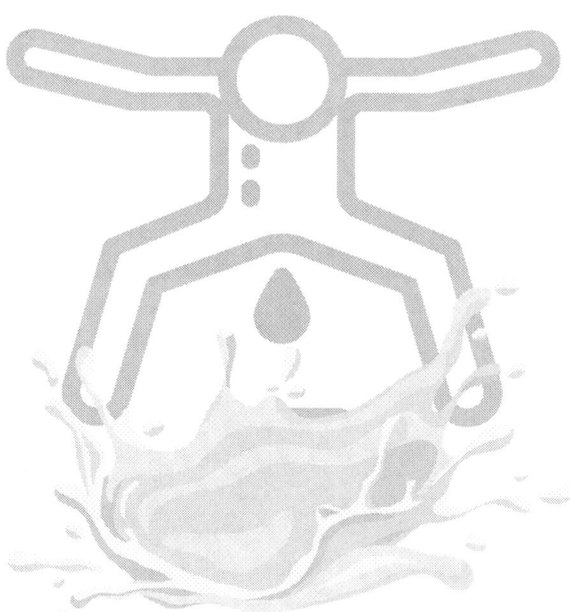

Printed by Amazon Italia Logistica S.r.l.
Torrazza Piemonte (TO), Italy

52785251R00049